*A
gift
honoring
Griffin
and
Carson
Gilchrist*

El cuidado de las mascotas

Los gatitos

Niki Walker y Bobbie Kalman

Fotografías de Marc Crabtree

🌳 Crabtree Publishing Company

www.crabtreebooks.com

El cuidado de las mascotas

Los gatitos

Un libro de Bobbie Kalman

Dedicado por Marc Crabtree
A Natalie y Niki Noseworthy: ¡dos grandes amantes de los animales!

Editora en jefe
Bobbie Kalman

Equipo de redacción
Niki Walker
Bobbie Kalman

Editora de contenido
Kathryn Smithyman

Editora de proyecto
Rebecca Sjonger

Editoras
Molly Aloian
Amanda Bishop
Kelley MacAulay

Director artístico
Robert MacGregor

Diseño
Margaret Amy Reiach

Coordinación de producción
Heather Fitzpatrick

Investigación fotográfica
Crystal Foxton

Consultor
Dr. Michael A. Dutton, DVM, DABVP, Weare
Animal Hospital, www.weareanimalhospital.com

Consultor lingüístico
Dr. Carlos García, M.D., Maestro bilingüe de Ciencias,
    Estudios Sociales y Matemáticas

Agradecimiento especial a
Jeremy Payne, Dave Payne, Shelbi Setikas, Bailee Setikas,
Arunas Setikas, Sheri Setikas, Gloria Nesbitt, Lateesha Warner,
Connie Warner, Kathy Middleton, Jenn Randall y Bonsai,
Vanessa Diodatti, Mike Cipryk y PETLAND

Fotografías
John Daniels/ardea.com: página 8
© CORBIS/MAGMA: página 14 (superior)
Marc Crabtree: portada, páginas 3, 5 (superior), 12, 13, 14
    (inferior), 15, 16, 17 (superior e inferior), 18, 19, 20, 21, 22,
    23, 24, 25, 29, 30, 31
Siede Preis/Getty Images: página 6
© Superstock: páginas 9 (centro), 26
Otras imágenes de PhotoDisc, Digital Stock y Comstock

Ilustraciones
Margaret Amy Reiach: páginas 17, 27

Traducción
Servicios de traducción al español y de composición
    de textos suministrados por translations.com

Crabtree Publishing Company

www.crabtreebooks.com   1-800-387-7650

Cataloging-in-Publication Data
Walker, Niki, 1972-
[Kittens. Spanish]
    Los gatitos / written by Niki Walker and Bobbie Kalman.
       p. cm. -- (El cuidado de las mascotas)
    Includes index.
    ISBN-13: 978-0-7787-8454-8 (rlb)
    ISBN-10: 0-7787-8454-1 (rlb)
    ISBN-13: 978-0-7787-8476-0 (pbk)
    ISBN-10: 0-7787-8476-2 (pbk)
    1. Kittens--Juvenile literature. 2. Cats--Juvenile literature. I. Kalman, Bobbie,
1947- II. Title. III. Series.
    SF447.5.W36 2006
    636.8'07--dc22
                                                                    2005036527
                                                                         LC

**Publicado en
los Estados Unidos**

PMB16A
350 Fifth Ave.
Suite 3308
New York, NY
10118

**Publicado
en Canadá**

616 Welland Ave.,
St. Catharines, Ontario
Canadá
L2M 5V6

**Publicado en el
Reino Unido**

White Cross Mills
High Town, Lancaster
LA1 4XS
Reino Unido

**Publicado
en Australia**

386 Mt. Alexander Rd.,
Ascot Vale (Melbourne)
VIC 3032

Contenido

¿Qué son los gatitos?

Los gatitos son gatos jóvenes. Los gatos son **mamíferos**. Los mamíferos son animales que tienen columna vertebral. Tienen pelo o pelaje en el cuerpo. Las crías toman leche del cuerpo de la madre.

El cuerpo

oreja

ojo

bigotes

nariz

cola

pata

Gatos salvajes

Los gatos que tenemos como mascota están emparentados con los leones, los tigres, los leopardos y otros **felinos salvajes**. Los felinos salvajes atrapan otros animales para alimentarse de ellos. No viven con las personas.

Los gatos mascota son similares a los felinos salvajes, pero no son salvajes. Los gatos mascota viven con sus dueños, que los alimentan y los cuidan con mucho amor.

Al igual que los felinos salvajes, los gatos mascota son buenos para saltar, trepar y correr.

¿La mejor mascota para ti?

Los gatos son inteligentes, lindos y amorosos. Les gusta jugar con la gente y pueden ser muy traviesos. También están contentos cuando están solos. Son buenas mascotas para personas que no están en casa durante el día.

El cuidado de los gatitos

Los gatitos dependen de las personas para obtener comida y agua. También necesitan amor y atención. Necesitarás la ayuda de un adulto para cuidar a tu gato.

¿Serías un buen dueño de un gatito?

¿Estás listo?

Las preguntas a continuación te ayudarán a ti y a tu familia a decidir si están listos para tener un gatito.

- ¿Limpiarás lo que ensucie el gatito todos los días?

- ¿Puedes pasar media hora todos los días jugando con el gatito?

- La mayoría de los gatos viven entre doce y veinte años. ¿Cuidarás a tu gato durante todos ellos?

- ¿Algún miembro de tu familia es **alérgico** a los gatos?

- ¿Sabes cuánto cuesta cuidar a un gato? El cuidado de un gato puede costar cerca de 350 dólares por año a una familia. El costo puede ser mayor si el gato necesita cuidados especiales.

¡Cuántos gatos!

Hay casi 100 **razas**, o tipos, de gatos que puedes tener como mascota. Los gatos de cada raza se parecen y tienen los mismos **rasgos**. Algunas razas son más amigables y juguetonas que otras. Los gatos de **pura raza** son aquellos cuyos padres y abuelos son de la misma raza. Estos gatos pueden ser caros. En estas páginas se muestran algunas de las razas más populares.

Los gatos persas tienen el pelo largo, las orejas pequeñas y la cara chata. Son gatos muy amistosos.

Los gatos siameses son muy inteligentes. Son largos y delgados y tienen las orejas grandes y puntiagudas.

Los Maine Coon son gatos grandes y fuertes. Son juguetones, aun cuando han crecido.

¡Todos mezclados!

Muchos gatos mascota son de **razas cruzadas**. Un gato de raza cruzada tiene parientes de distintas razas. Los gatos cruzados son tan amistosos como los de pura raza. Algunos hasta son más saludables.

Elige tu gatito

Hay muchos lugares donde conseguir un gatito. Puedes encontrar uno en un **refugio de animales** de tu localidad. También puedes comprar uno en una tienda de mascotas o a un **criador**. Antes de hacerlo, asegúrate de que la tienda o el criador cuiden bien a los animales.

Pregúntales a tus amigos y familiares si saben de alguien que esté regalando gatitos.

Qué buscar

Tómate tu tiempo para elegir tu gatito.
Pide sostenerlo en tus brazos. ¿Pareces
gustarle? Asegúrate de que esté sano
y sea amistoso. Fíjate en esto:

- El pelo es suave y liso.

- Las orejas están limpias.

- Los ojos están brillantes, limpios
  y sin **lagañas** en las comisuras.

- La nariz es blanda y húmeda,
  está fría y no gotea ni
  tiene costras.

- La boca y las encías son rosadas.

- La cola está limpia.

- Su comportamiento es curioso,
  juguetón y amistoso.

Prepárate

Antes de llevar tu nueva mascota a casa, debes prepararte. Se pueden comprar algunas cosas que facilitarán el cuidado del gatito. En estas páginas se muestra lo que necesitas.

*Para viajar de un lugar a otro, debes poner el gatito en una **jaula de transporte**.*

*Prepara un **cajón para los desechos** y coloca en él arena para gatos limpia.*

Algunos cajones para los desechos vienen con tapa.

*El gatito siempre debe usar un **collar** con una placa donde aparezca tu número telefónico.*

cepillo de cerdas

cepillo de alambre

Necesitarás un cepillo para que el gatito se vea y se sienta bien.

Un **poste para rascar** le ayudará a mantener sanas las uñas.

Tu gatito necesita sus propios tazones para comer y beber agua.

También le puede gustar tener su propia cama blanda y cómoda.

¡Bienvenido a casa!

Los gatitos recién nacidos son pequeños y están indefensos. Deben permanecer con la madre hasta que cumplan ocho semanas. No lleves el gatito a tu casa antes de que tenga edad suficiente para abandonar a la madre. Si lo haces, es posible que no crezca sano.

La madre alimenta a los gatitos con leche de su cuerpo.

Las escondidas

Tu gatito quizá se esconda cuando llegue a casa. No lo fuerces a salir de su escondite. Deja que salga cuando se sienta listo.

Un momento especial

Las primeras semanas con el gatito son importantes. Si lo tratas bien, aprenderá a quererte y a confiar en ti. Déjalo dormir cuando esté cansado.

Tratar con cuidado

¡Siempre sé amable con tu mascota! Para levantar al gatito, usa las dos manos. Coloca una bajo las patas delanteras y la otra bajo la parte trasera. Ahora, levanta al gatito con suavidad. Si se retuerce y trata de escapar, ponlo en el suelo con cuidado.

¡Ten cuidado de no apretar al gatito!

Comida para gatos

Los gatitos necesitan ciertos alimentos para estar sanos. La mayoría de los alimentos envasados contienen los **nutrientes** correctos para los gatos. Los gatos de distintas edades necesitan diferentes nutrientes. Compra comida especial para gatos o gatitos.

¿Qué hay para cenar?

Si sabes qué tipo de alimento comía el gatito antes de ir a vivir contigo, no se lo cambies. Trata de comprar siempre la misma marca. La etiqueta te indicará cuánto darle de comer cada día.

*El **alimento seco** es bueno para los dientes del gato. Puede estar en el tazón todo el día.*

*No dejes el **alimento enlatado** más de una hora en el plato.*

*Los **alimentos semihúmedos** pueden ser menos saludables que los alimentos enlatados o secos.*

¡No se come!

Ten cuidado de no darle al gatito ninguna comida que lo pueda enfermar.

- Nunca le des al gatito comida para perros.

- Dale pedacitos de carne cocinada sólo como golosina. ¡No le des huesos!

- Los **productos lácteos**, como la leche o el helado, pueden causarle malestar estomacal.

- ¡Nunca le des huevos ni carne cruda!

- El chocolate hará que el gatito se enferme.

Comida y agua limpia

Los gatitos deben comer cuatro veces al día. Los gatos adultos tienen que comer dos veces al día. Tu mascota siempre debe tener agua limpia en su tazón. Enjuaga y llena el tazón al menos dos veces por día.

Trata de alimentar al gatito a la misma hora todos los días.

El cajón de arena

No es difícil enseñarle al gatito a usar un cajón de arena. Si la madre usaba uno, quizá el gatito ya sepa cómo usarlo.

Consejos para el cajón de arena

Estos son algunos consejos que te ayudarán a enseñarle al gatito a usar el cajón de arena.

-  Usa el mismo tipo de material que tenía el cajón que el gatito usaba antes de que lo llevaras a casa.

- Después de comer, siempre ponlo en el cajón de arena.

- Si el gatito tiene un accidente, no lo castigues. Colócalo suavemente en el cajón de arena para mostrarle adónde ir la próxima vez.

Sé paciente mientras el gatito aprende a usar el cajón de arena.

La limpieza

El gatito depende de ti para mantener limpio el cajón de arena. Si no lo limpias, tu mascota se puede enfermar. ¡También puede decidir usar otra parte de la casa como baño!

¡Usa la pala!

Saca los desechos del gatito con una pala todos los días. Una vez por semana, tira toda la arena a la basura. Lava el fondo del cajón con agua caliente y jabón. Sécalo y vuelve a llenarlo con arena para gatos limpia. ¡Siempre lávate bien las manos después de sacar los desechos y limpiar el cajón de arena de tu gatito!

Pídele a un adulto que te ayude a poner la arena si el envase es muy pesado.

Lindo gatito

El gatito pasará mucho tiempo limpiándose. Se lame el pelo, se muerde las uñas y se frota la cara con las patas. Sin embargo, todavía necesita de tu ayuda para mantenerse limpio. **Acicalar**, o limpiar, a tu gatito le ayudará a permanecer sano. También te ayudará a sentir un lazo más estrecho con tu mascota.

Buen aseo

El cepillado regular hará que el gatito tenga el pelo suave y brillante.

- Con suavidad, pasa el cepillo por el cuerpo del gatito. Cepíllalo desde la cabeza hasta la cola.

- Si el gatito tiene pelo largo, usa un cepillo de alambre todos los días. Si tiene pelo corto, usa un cepillo de cerdas una vez a la semana.

- Revísale la piel al acicalarlo. Fíjate si tiene raspaduras, cortes o **pulgas**.

Más consejos sobre el aseo

🐾 Si las orejas, la nariz o los ojos del gatito están sucios, límpialos suavemente con un algodón mojado con agua tibia.

🐾 ¡Nunca le cortes los bigotes! Los necesita para sentir las cosas a su alrededor.

🐾 Pídele al **veterinario** que te muestre a ti y a tu familia cómo cortarle las uñas al gatito.

El veterinario es un médico que atiende animales. Te puede ayudar a que tu mascota esté sana.

Dientes limpios

Cepíllale los dientes al gatito con un cepillo y pasta especiales tres veces por semana. También le puedes dar golosinas que sirven para limpiar los dientes. Al masticarlas, le rasparán la suciedad de los dientes.

Consejos de entrenamiento

Puedes **entrenar** a tu gatito, o enseñarle cómo comportarse. También puedes enseñarle que algunas cosas no se permiten, como saltar sobre la mesa, rasguñar los muebles y morder los dedos de las manos o los pies. Cuanto más joven es el gatito, más fácil es de entrenar.

Gatito bueno, gatito malo

La manera en que te comportas le ayudará al gatito a aprender lo que quieres que haga.

- Siempre felicítalo y recompénsalo cuando haga algo bien.

- ¡Nunca le grites ni lo golpees! Los gritos y golpes le enseñarán a tenerte miedo.

- Cuando tu mascota haga algo mal, sisea, háblale con firmeza o échale un chorrito de agua de un rociador.

¡Ven, gatito, gatito!

Una de las cosas más fáciles de enseñarle al gatito es a venir cuando lo llames. Sigue los pasos en esta página y ten paciencia. También puedes seguir estos pasos para enseñarle otras cosas a tu gato.

Muéstrale una golosina al gatito y llámalo por su nombre.

Cuando venga a ver la golosina, felicítalo y dale la golosina inmediatamente.

Sigue intentando

Repite esta actividad dos o tres veces por día. Pronto tu gatito vendrá cada vez que escuche su nombre. Acarícialo y felicítalo cuando venga.

23

Hora de jugar

¡A los gatitos les encanta jugar! Los gatos más grandes son menos traviesos que los gatitos, pero también necesitan mucha actividad. La hora de jugar es especialmente importante para los gatos que viven dentro de una casa. Al jugar, hacen ejercicio. Tu gato necesita hacer ejercicio para estar saludable. Pasa al menos media hora todos los días jugando con tu gato o gatito. En estas páginas se muestran algunos juguetes conocidos y seguros que a tu mascota le encantarán.

¡Los juguetes con resortes rebotarán frente al gatito!

Juguetes y golosinas

Elige juguetes para gatos que sean seguros y divertidos. Prueba con distintos tipos de juguetes hasta que el gatito encuentre su favorito. También le puede gustar la **nébeda** o césped para gatos. Estas plantas lo harán sentirse contento y entusiasmado.

A tu gatito le puede gustar un ratón de juguete o una pelota con una campana adentro.

Entiende a tu gatito

Cada gatito tiene su propia forma de **comunicarse**, o enviar mensajes a las personas y a otros animales. Los gatitos maúllan y sisean. También usan el **lenguaje corporal** para mostrar cómo se sienten.

¡Miau!

Los gatos maúllan por muchas razones. Maúllan fuerte cuando se sienten inseguros. El gatito también puede maullar si tiene hambre o necesita tu atención. Pronto conocerás todos los maullidos de tu mascota.

Lenguaje corporal

Para saber cómo se siente tu gatito, observa el pelaje, la cola y las orejas. Si el gato está contento, el pelaje está liso, la cola está levantada y las orejas apuntan hacia adelante. Si está asustado, tiene el pelo erizado, la cola baja y las orejas aplastadas contra la cabeza. Un gato enojado puede hinchar el pelaje, mover la cola hacia adelante y hacia atrás, y apuntar las orejas para atrás.

Un gato feliz apunta las orejas hacia adelante y mantiene la cola alta.

Un gato enojado eriza todo el pelo para parecer más grande frente a otros animales.

Un gato que está muy asustado se agacha con las orejas y la cola pegadas al cuerpo.

27

Gatitos seguros

Los gatos están mucho más seguros si viven dentro de la casa. No se pelean con otros gatos ni contraen enfermedades. No se pierden, no se quedan atascados en los árboles ni son golpeados por autos.

Un lugar seguro

Sin embargo, los gatos caseros pueden enfrentar algunos peligros. Pueden engordar porque están menos activos, o comer cosas de la casa que los pueden lastimar. Por ejemplo, tu gato se puede enfermar gravemente si come algunas de las plantas de la casa.

Los gatos caseros suelen tener una vida de diez o más años más larga que la de los gatos que viven afuera.

Gatos que viven afuera

Los gatos que viven afuera hacen mucho ejercicio y por eso pueden estar saludables. Pero muchos de estos gatos se contagian enfermedades de otros animales. Parte de tu trabajo como dueño de un gato es que tu mascota esté protegida. Debes decidir si es seguro o no dejar salir al gatito a la calle. ¡Nunca lo dejes afuera toda la noche!

Para que tu gatito esté seguro afuera, sácalo a pasear con una **correa**.

Preguntas sobre seguridad

Si la respuesta a cualquiera de estas preguntas es "sí", mantén a tu gatito adentro:

- ¿El clima del lugar donde vives es muy frío y húmedo?

- ¿Hay alguna calle cerca con mucho movimiento o tráfico?

- ¿Hay perros y gatos o animales salvajes vagabundeando por el vecindario?

- ¿Hay muchas aves y nidos cerca de tu casa?

Visita al veterinario

El gatito debe ir por primera vez al veterinario cuando tiene alrededor de doce semanas de vida. Debe recibir inyecciones de vacunas. Las **vacunas** lo protegen de las enfermedades. El veterinario te dirá cuándo debes llevarlo para la próxima visita. También es una buena idea pedirle al veterinario que lo **castre**. Un gato castrado no puede tener crías.

Chequeo anual

Los gatos adultos necesitan un chequeo una vez al año. El veterinario revisará los dientes, el corazón y otras partes del cuerpo del gato. Es posible que tu gato necesite vacunas todos los años para estar sano.

Buena salud

Si el gatito se enferma o se lastima, llévalo al veterinario. Dale sólo la medicina que el veterinario indique. ¡Nunca le des medicina para personas o para otros animales! Si tu mascota está sana, vivirá una larga vida junto a ti.

Bolas de pelos

Tu gato puede tragar pelos cuando se lame. No te preocupes si vomita una **bola de pelos**. Muchos gatos lo hacen. Para evitarlo, cepilla y acicala a tu gato regularmente.

Cuándo buscar ayuda

Tú sabes cómo se ve y se comporta tu gatito normalmente. Puede estar enfermo si:

- Duerme más de lo usual.
- Bebe más agua.
- Come poco o nada.
- Tiene goteo nasal, los ojos llorosos o apagados, o el pelo se ve opaco.
- Tose, estornuda o vomita mucho.

Palabras para saber

Nota: Es posible que las palabras en negrita que están definidas en el texto no aparezcan en esta página

alérgico Palabra que describe a alguien que tiene una reacción física a algo, como un alimento o caspa de animales

castrar Hacer que un animal no pueda tener crías

criador Persona que reúne gatos para que tengan crías

lagaña Líquido seco que se junta cerca de los ojos o la nariz de un gato enfermo

lenguaje corporal Tipo de comunicación en el que se expresan sentimientos moviendo distintas partes del cuerpo

nébeda Hierba que estimula a los gatos cuando la comen

nutrientes Materiales que el cuerpo necesita para crecer y estar sano

productos lácteos Alimentos hechos con leche y otros derivados de la leche

pulgas Pequeños insectos picadores que viven en la piel de los animales

rasgo Una característica especial, como el pelo largo o la inteligencia

refugio de animales Centro donde cuidan animales que no tienen hogar

vacuna Líquido que protege el cuerpo contra enfermedades

veterinario Un médico que atiende animales

Índice

1 2 3 4 5 6 7 8 9 0 Impreso en Canadá 5 4 3 2 1 0 9 8 7 6